冰月流光

刘洋 著

哈尔滨出版社
HARBIN PUBLISHING HOUSE

图书在版编目（CIP）数据

冰月流光 / 刘洋著 . — 哈尔滨 : 哈尔滨出版社，2022.8

ISBN 978-7-5484-6542-3

Ⅰ . ①冰… Ⅱ . ①刘… Ⅲ . ①诗集－中国－当代
Ⅳ . ① I227

中国版本图书馆 CIP 数据核字 (2022) 第 099972 号

书　　名：**冰月流光**
BINGYUE LIUGUANG

作　　者：刘 洋 著
责任编辑：韩伟锋
封面设计：树上微出版

出版发行：哈尔滨出版社（Harbin Publishing House）
社　　址：哈尔滨市香坊区泰山路 82-9 号　　邮编：150090
经　　销：全国新华书店
印　　刷：武汉市籍缘印刷厂
网　　址：www.hrbcbs.com
E-m a i l：hrbcbs@yeah.net
编辑版权热线：（0451）87900271　87900272
销售热线：（0451）87900202　87900203

开　　本：880mm×1230mm　　1/32　印张：6.75　　字数：163 千字
版　　次：2022 年 8 月第 1 版
印　　次：2022 年 8 月第 1 次印刷
书　　号：ISBN 978-7-5484-6542-3
定　　价：58.00 元

凡购本社图书发现印装错误，请与本社印制部联系调换。
服务热线：（0451）87900279

作 者 言

诗是一种文学体裁。我认为它是用凝练的语言，描绘了作者的所见、所闻、所感、所想，其意义是让读者通过这段文字有所触、有所思、有所得，而不是作者的喃喃自语，也不是一堆华丽字词的拼凑，更不是一段空洞的文字描述。

我是草根出身，大学也并非学的文科，所以文笔有限，但"世事洞明皆学问，人情练达即文章"，人生都充满了挫折和坎坷。我曾因为爱情和事业极度失落过，但最终还是挺了过来，有时候想到自己的一些经历就有感而发，心里想到什么便写了下来，然后稍加整理便初具"诗"的形态。

我的很多文字没有约束性，文章的形式和题材比较驳杂，但其中鲜有刻意吹捧之词，且绝大部分是小短篇，主要是大脑实在想不出那么多长篇幅的文章，想不了几句就觉得已经到了终点。

　　我希望自己的文字具有"灵魂"，可以在纸上"跳跃""舞动"，使读者通过阅读我的文字产生触动和感悟，所以我努力让自己的文字做到"景""情""理"三者交融，或以"景"触"情"，或由"情"生"景"，然后寓"理"其中。

　　我不希望我的文字浪费笔墨纸张，消耗情怀。而是希望它句句都很简洁、凝练，没有冗余。也不希望自己的文字拘泥于某种固定的格式和形式，从而影响我内心真正的表达，而是希望自己能随心所欲地发挥表述。

　　最后感谢支持我的亲人和朋友，感谢我的每一位读者，作品不足之处还望海涵。

目　录

我是青春的风

我是青春的风
是爱的使徒
山川挡不住我脚步
浓雾迷不了我双目
我是青春的风
不会踟蹰
不会迷途
只会一往直前
轻抚万物
吹走严寒
吹走荒芜
唤醒沉寂的生命
让大地复苏
看飞鸟追逐，青草绿树
看蜂蝶乱舞，花团锦簇
人间何感孤独

2022 年 3 月 30 日

祖国啊，我亲爱的祖国

祖国啊，我亲爱的祖国
我愿意是一辆专列
承载着你的梦想
驶向远方

祖国啊，我亲爱的祖国
我愿意是一座炮塔
肩负着保卫你的使命
护你安然无恙

祖国啊，我亲爱的祖国
我愿意是一颗卫星
在夜空里
一边将你仔细端详
一边探索太空的模样

祖国啊，我亲爱的祖国
我愿意是你的一抔土壤
让希望的种子
生根、发芽、成长
然后绽放

祖国啊，我亲爱的祖国
我愿意是你夜里的一盏路灯

是你清晨的一缕暖阳
是你原野上的一座风塔
是你历史上的一段华章

祖国啊，我亲爱的祖国
我希望你繁荣富强
我希望你寿命永昌

2022 年 4 月 7 日

我想轻轻地说一声再见

我想轻轻地说一声再见
然后化作天上的云烟
悄悄地被风吹散
没有一丝留恋

思念
被揉碎在湖水的波光里
起起伏伏
涌向岸边
仿佛是一声声温柔的抱歉

情缘
像极了水中的白莲
清纯至洁
然后在落日的余晖下
等待漫天星河的灿烂

我的心
是那叶扁舟
辞别了斑斓
然后停泊在渡口
静静地等待安眠

我想轻轻地说一声再见

轻轻地在风中变淡
轻轻地
远离纷扰的世间

2022 年 4 月 3 日

母鸡和野鸡

一只母鸡遇到了一只野鸡
母鸡说
我每天很努力
努力下一个蛋
下不了蛋
我难以安眠
野鸡说
我每天也很努力
努力觅食
努力锻炼
我每天都提心吊胆
两只鸡都是为了生存

2022 年 3 月 29 日

害怕

我不敢说出喜欢
是害怕表白的结果
或许是粉身碎骨
我选择了放弃
是害怕追寻的最后
或许是万劫不复
爱
如果不会出现撕心裂肺的痛楚
我也可以义无反顾
爱
如果不会出现手足无措的无助
我也可以热血如注
我害怕灵魂坠入冰窟
我害怕得不到的苦
我害怕求不得的输
我害怕守护
我害怕你走了
我的心空了
情感再也找不到归宿
我害怕没有你的孤独
害怕走着走着
便是穷途末路

2022 年 3 月 28 日

听说你爱我

听说你爱我
爱上了我的执着
你笑着对我说
要拥抱我魂魄
让我不再寂寞

听说你爱我
你爱上了我的沉默
你笑着对我说
要拥抱我的懦弱
让我不再闪躲

听说你爱我
你笑着对我说
要化身为魔
只为拥有力量
打破我命运的枷锁

听说你爱我
无论对错
要在时间长河里
去寻找轮回中
我的每一个轮廓
不求结果
只为和我擦肩而过

2022 年 3 月 27 日

轻轻的我走了

轻轻的我走了
如天上的闲云
没有一丝挽留
轻轻的我走了
似人间的清风
没有太多哀愁
我轻轻地招手
化作一弯清波向东流

夕阳下的金柳
露出新娘般的娇羞
流光里的倩影
略显轻柔

乘一只小舟
在落日余晖下
撑篙漫游
去收获
一船的清幽
将它带走

举一盏浊酒
在落日的余晖下
登上高楼

去观览
康桥的景色
将其尽收
我还是悄悄地走了吧
没有太多烦忧
然后挥一挥衣袖
带着回忆
笑别挚友

2022 年 3 月 27 日

我好想听你说爱我

我好想听你说爱我

无论我是多么的落魄

我好想听你说爱我

无论我犯了多大的错

都说爱情

是月亮惹的祸

而我却在爱情面前

如此的执着

如此的脆弱

心如刀割

身若火灼

只为不负

曾经的一个承诺

却不知

生命的脉络

早已被命运

上了枷锁

千疮百孔的人生

注定了结果

只是我不甘心

一无所获

不甘心忍受寂寞

2022 年 3 月 26 日

鱼缸中的鱼

看上去无拘无束
其实很难离开这鱼缸
看上去自由自在
其实很难离开别人的目光
它们也许永远在那个狭小的世界里生活
这可能就是它们的命运
我很想把它们放进池塘
或比池塘还要大的地方
譬如湖泊海洋
但又怕它们无法生存
终将成为大鱼的食粮
不知它们怎么想
或许它们并没有太大的奢望
需要的
只是
一只小小的鱼缸

2022 年 3 月 21 日

当我睡去

当我睡去
无需多么华丽的衣裳
请一定要将我送回故乡
我要躺在这个
曾经养我的地方
陪着我逝去的亲人
一起安详

当我睡去
无需多么柔软的床
请一定要将我送回故乡
虽然再也看不到它的模样
再也看不到熟悉的月光
却可以触到熟悉的土壤
嗅到熟悉的花香

当我睡去
无需多么痛苦的悲伤
请一定要将我送回故乡
我要和我快乐的过往
一起埋葬
因为我害怕那碗孟婆汤
会让我将它遗忘

2022 年 3 月 20 日

生活是海洋

生活是海洋
冒险者扬起风帆去寻找
它蕴藏的宝藏

生活是海洋
胆小者远远凝望
勇敢者踏上冲浪板
带上坚强
去挑战汹涌的海浪

生活是海洋
失运者
被风暴埋葬
得运者
能顺利远航

生活是海洋
入港
只是短暂地休养
请忘掉怯懦和悲伤
那片广阔
才是永远的方向

2022 年 3 月 19 日

我不知道风来自何处

我不知道风来自何处
它吹来了黄沙
迷住了我的眼睛

我不知道风来自何处
它吹来了落叶
扰乱了我的心情

我不知道风来自何处
让我依稀看到你
秀丽的长发
轻盈的身形
我希望这不是梦境
你不是虚影

我不知道风来自何处
它突然又将一切吹散得干干净净
只留下一个
残破的魂灵

2022 年 3 月 19 日

红烛

创造了你
便是希望你能够成为凡间的星
给人间的夜带来光明

点燃魂灵
你终将燃尽
只是为一个被赋予的使命
生
不做公卿
死
无有盛名
离开
只有云淡风轻
微风吹过
你流下泪水
不知你是在哀怨自己的命运
还是在叹息自己微弱的身形
无法将夜晚的风景
看得更清

2022 年 3 月 19 日

小小的岛

越过汪洋
有一座小小的岛
那里
有和煦的阳光
有馥郁的花香
有奔放的小鸟
有调皮的海浪

有一座小小的岛
那里
没有街巷
没有城墙
没有人间的熙熙攘攘

浅水里不知名的鱼群自由游弋
丛林间树叶被谁磨出了声响
草 绿绿的
天 蓝蓝的
云 淡淡的
一切似乎都等着我去凝望
我愿化作一只海鸥
在空中飞翔

夜晚

明月爽朗

海风微凉

静

是梦乡

爱

是畅想

2022 年 3 月 19 日

鱼化石

曾经的你
是怎样的灵动活泼
可以肆意享受大海的广阔
是什么原因
使你失去了自由
被尘土包裹
从此封印了魂魄
忍受了亿万年的寂寞

目光掠过
你身体的脉络
经历那么多岁月
你却依然拥有如此完整的轮廓
栩栩如生
只是沉默
我暗想
生命如此脆弱
时光之下
大海也会干涸
凡星也会陨落
原来任何事物
都无法躲过
死神的收割

2022 年 3 月 17 日

微笑着面对生活

历生死之劫

才能看淡离合

经得失之痛

才能漠视对错

我想应该微笑着面对生活

谁的前方也不全是上善大道，一马平川

人生路漫漫

定会面对荆棘崎岖的山路

或是一望无尽的大泽

停下脚步

试着去欣赏路边的野花朵朵

来衬托

自己残破的轮廓

我想应该微笑着面对生活

无论当前是怎样的落魄

尽头总有结果

灵魂终有归处

不再漂泊

微笑着面对生活

勇敢快乐地面对一切挫折

2022 年 3 月 13 日

我的心你可懂得

我的心你可懂得
不知如何
才能表白
它已不属于我
它变成一支盛开的花朵
想要挽留你的路过
为你的旅途增加快乐
不知如何做
才能将那一缕相思
寄于你
随你漂泊

我的心你可懂得
它不想寂寞
宛如春天的小河
总想为你的世界
增添一道美丽的景色

2022 年 3 月 13 日

一个微笑就够了

一个微笑就够了
那份温柔暖如一缕春风
吹融了严冰
带来绵绵细雨

一个微笑就够了
那份馥郁有如一阵花香
淡忘了忧愁
迎来淡淡清幽

一个微笑就够了
如若一盏薄酒
使我乱了心神
动了情思

2022 年 3 月 13 日

如果有来生

如果有来生
我要做一块石头
没有悲欢
静静地
于高山之巅
一边享受安眠
一边享受着阳光的温暖

如果有来生
我要做一颗凡星
没有愁怨
冷冷地
在漆黑的夜晚
一边观览浩瀚
一边观览这尘世的情缘

如果有来生
我要做一阵清风
可以任性地
跨过江河
越过山川
可以调皮地
鼓动风帆
卷起云烟

在人间肆意
却不受牵绊
没有执念

2022 年 3 月 17 日

雨巷

我撑开油纸伞
带着惆怅
走在悠长悠长的雨巷
独自彷徨
迷茫

我渴望
能够在这里
遇到一位丁香般的姑娘
她有着丁香般颜色
丁香般芬芳
丁香般模样
可以让我忘掉
忧伤

她撑着油纸伞
雨滴在油纸伞上激荡
像梦一样
她温柔莞尔地笑着
飘过来
飘过来
轻轻经过我的身旁
带走了我的思绪和目光
然后留下一个淡淡的身影

凉风袭来
拂过霓裳
带来一阵凄冷
吹乱了芳香
吹散了幻想

2022 年 3 月 15 日

爱情有时像一杯清茶

爱情有时像一杯清茶
淡淡的清香
便足以解乏
氤氲的热气
若一抹余霞
入眼
入心
如初夏

饮这杯清茶
可以淡忘俗事繁杂
可以淡忘人生伤疤
可以越过世间繁华
去寻找
美丽的童话

2022 年 3 月 13 日

贝壳

沙滩上
我发现了一枚贝壳
坚硬且精致

不知它是舍弃了上天赋予的使命
还是被自己的守护者所遗弃
就这样静静地躺在阳光下

我是谁的贝壳
谁又是我的贝壳

2022 年 3 月 13 日

无怨的青春

无所渴求
便无怨
无所期望
方无愿
相爱莫道永远
相离不说抱歉
留一份思念
在心田
寄于每个月圆

待蓦然回首
看人生悲欢离合
却不过弹指之间

2022 年 3 月 14 日

情愿

我情愿是一朵流云
没有渴求
我情愿是一颗凡星
没有烦愁
我情愿是一片落叶
将红尘看透
不再挽留
任凭自己在风中凌乱
一生尽休
我情愿是一轮月
弯如钩
冷如秋
不再温柔
笑看世间恩怨情仇

2022 年 3 月 14 日

你是人间四月天

我说你是人间四月天
你是天空中
自由自在的云烟
化作漫天细雨
洒在花前
带来点点香艳

我说你是人间四月天
是清风
把思念种于大地
生出春意浅浅
是暖阳
将清辉洒满九州
带来情意绵绵

我说你是人间四月天
是莺燕的呢呢喃喃
是细流的涓涓潺潺
是一树树嫩枝
是一丛丛柔草
是一轮圆月
是一张笑脸

你是人间四月天
袅袅婷婷

走到我身边

代表期待

代表羁绊

2022 年 3 月 14 日

让星星把我照亮

我该如何说
才能打破冷漠

星光闪烁
在深邃的天空中
点缀着夜的轮廓
不为诱惑
而是为了照亮
一个人的魂魄
让你不再孤独和寂寞
就让星星把我照亮
照亮我的沉默
照亮我的脆弱

流星划过
我许下了诺言
希望心灵可以挣脱命运的枷锁
不再漂泊

2022 年 2 月 18 日

星光依旧灿烂

星光依旧灿烂
明月依旧相伴
对你的思念
始终没有任何改变
回忆你可爱的脸
期望最美的那天
原来爱你依然沉在心田

青春或许就是一场无悔的扬帆
而每个人都在努力驶向彼岸
相逢是一种情缘
相知是一种期盼
当流星划过
我也愿意许下誓言
等你出现
不求幸福永远
但求有你的每一个瞬间

2022 年 2 月 12 日

一切

如果一切都是命运

我们何必执着追寻

如果一切都是烟云

我们何必期望轮回

如果说一切都是没有结局的开始

我们又何必害怕某一瞬间

眼角会有泪痕

逝去的往事

虽然如梦

却很真实

我渴望着

与你每次相逢都是初识

只求一份真

面对彼此

然后对上你的唇

让爱情将我们滋润

我从不害怕信仰的呻吟

却害怕失去内心的单纯

我从不害怕死亡的回声

却害怕愧对自己的灵魂

2022 年 3 月 13 日

春风

我要将白云吹散
让你看一看天空的蔚蓝
我要将清池吹乱
让你看一看河水的微澜

我要吹走冬日的严寒
吹来暖日的灿烂
吹来桃花的香艳
让你看
蝶舞翩翩
情意绵绵

我要轻轻吹一下
你可爱的脸
种一个思念
绽放在你的心田

2022 年 2 月 7 日

童年

我好想跨越时空
回到过去
看一看曾经的校园
看一看曾经的断壁残垣

我好想跨越时空
回到过去
回到简陋的教室里
走到你身边
看一看你曾经纯真可爱的脸
然后拍一拍你稚嫩的肩
笑着说
一定要
珍惜时光
珍惜眼前

我想去看一看那棵大桑树
再去看一看那挂着冰凌的屋檐
我想去看一看那眼古水井
再去看一看那写满字迹的黑板
我想去看一看那台火炉
看一看冉冉升起的淡淡的煤烟

我想去看一看晚自习的烛光

看一看曾经缀满星光的夜晚
我想去看一看当初那个小小的少年
看一看他倔强的脾气
看一看他身边可爱的小伙伴
然后用尽余生去思念
他美好的童年和羁绊

2022 年 2 月 12 日

淡然

清风不解愁

美酒何忘忧

我在高楼

将漫天星斗

一眼尽收

明月易有

知己难求

佳人常遇

缘分难修

叹时光不可留

怜真情不能收

愿作天上客

飘摇笑九州

端坐云霄里

淡看水东流

2022 年 2 月 6 日

月下思念

月儿圆
像你的脸
星儿闪
若你的眼
深邃的夜空
便似一段思念
我好想把自己扔进风里
跨过长河
越过山川
去看你
是否一如从前

纵是擦肩亦是情缘
即是瞬间也是永远
下一世
你定要等我
等我来到你身边
呢呢喃喃
相知相伴

2022 年 2 月 6 日

随心

历经沧桑

才知平淡是真

阅尽繁华

方识简单最美

烟花易冷茶易凉

真情难遇意难收

白云无尘容易散

清风无影最难留

世事烦扰何时休

缘来缘去皆是愁

一池春水恰如泪

半点痴心总悲秋

2022 年 2 月 4 日

等到春暖花开

等到春暖花开
暖阳归来
我要去看一看大海
看一看微浪轻拍

等到春暖花开
煦风归来
我要去看一看山黛
看一看嫩枝柔摆

等到春暖花开
鸿雁归来
我要去一趟野外
看一看云的姿态
看一看云的洁白

2022 年 2 月 3 日

我喜欢

我喜欢春花的烂漫

也喜欢冬雪的轻盈

我喜欢青草的柔软

也喜欢落叶的安静

我喜欢林荫小道的清幽

也喜欢琼楼玉宇的繁华

我喜欢倾听浪花的呢喃

感受大海的广阔

也喜欢观览山雾的氤氲

感受峰峦的巍峨

我喜欢朝阳初升的一抹嫣红

也喜欢晚霞余晖的一丝悲凉

我喜欢幻想着坐在云端，

垂下双腿

远离世间

也喜欢置身于闹市

一壶清茶

细品悲欢

2021 年 12 月 6 日

乡间小路

乡间小路
依然如故
一头是良田沃野
一头是千家万户

清晨
踩着婆娑的树影
踏着匆忙的脚步
看树上鸣蝉吸吮着清露
看花间蝴蝶在相互追逐
蚂蚁一大早就开始忙忙碌碌
抗着一把锄
奔向远处的稻谷

傍晚
当炊烟升起
看烟霞深处
红日当宿
归途
擦擦汗水
不觉辛苦
不觉孤独
只觉平平淡淡
也是种幸福

2021 年 10 月 13 日

等你忘了我是谁

当些许记忆被时间的车辙碾碎
当些许情谊被尘世的黄土掩埋
你可还记得我们曾经的相遇
还记得我是谁
当晚霞送走残夕
沉寂降临
晶莹的星光便似这夜的眼泪
呜咽的风声就像这夜的哭泣
流星划过天际
不知它的坠落
能否留下痕迹
或将被燃烧殆尽
我想也许只有
等你忘了我是谁
等我忘了你是谁
我们才能笑对往昔
不再叹息
不再悲喜
不再沉迷

2022 年 9 月 28 日

我曾偷偷爱过你

月光洒满大地
流星划过天际
夜色迷离
一如往昔
拿着你的照片
我遥望着夜空寻找过去

我想我或许曾偷偷爱过你
不然为何曾偷偷翻看了你的日记
偷偷触碰纸上你留下的墨迹
我想我或许曾偷偷爱过你
不然为何曾偷偷注视过你的美丽
偷偷嗅探过风中你残存的气息
我想我曾偷偷爱过你
不然为何对你的思念
似晨曦
似潮汐
留在回忆

我曾偷偷爱过你
如蓝天中一朵云
安然清晰
如青山中一条溪
净澈见底

而我却可能一直将它
埋在心底
从未放弃
从未说起
这一世就让它慢慢散在风里
静待下一个生命的周期
再鼓起勇气
大声说爱你

2021 年 10 月 8 日

爱情是什么颜色的

有人问爱情是什么颜色的
有人说也许是大海深邃的蓝色
有人问爱情是什么颜色的
有人说也许是火焰炽热的红色
有人问爱情是什么颜色的
有人说也许是金秋丰实的黄色
有人问爱情是什么颜色的
有人说也许是春草生机的青色
有人问爱情是什么颜色的
有人说也许是浮云纯洁的白色
有人问爱情是什么颜色的
有人说也许是樱花浪漫的粉色
有人问爱情是什么颜色的
有人说也许爱情并没有颜色
它就像一只透明的玻璃杯
可以装载生活任何颜色

2021 年 9 月 18 日

希望

我希望能够
拥有云的洁白
拥有云的姿态
却不希望
拥有它的未来
我希望能够
拥有海的形骸
拥有海的胸怀
却不希望
拥有它的阴霾
不希望沾染尘埃
不希望怒涛成灾
只希望
拥有一份平平淡淡的期待
拥有一份淳朴的爱
让人生变得精彩
就算这份生命只是短暂的存在
就算这份生命终将被黄土掩埋

2021 年 7 月 19 日

纸鸢

借于风力
我这一张薄纸
登上云端
俯视人间
纵然有一天
会黯然离场
却也无憾
因为我已领略过这大好河山

2021 年 3 月 14 日

路（一）

是否有一条路
在它的尽头
我能找到想要的幸福
是否有一条路
在它的尽头
我能放下世俗的背负
我好想
拥有天马行空的追逐
去寻找这条路
给自己的灵魂找一个归宿
而不是等到
泪水枯
心已暮
才发现原来自己
一直孤独
一直无助

2013 年 11 月 24 日

路（二）

每个人的视野终究有限
没有谁的目光可以穿越地平线
脚步的远方
也许是一眼清泉
也许是一座高山
也许是万丈深渊
也许是乱草荒原
其实人生本就交织着光明与黑暗
如果一味地畏惧不前
前方无论有什么
终究与我无缘
所以与其搔首踟蹰
倒不如
多一份勇敢
多一份淡然
大步向前
不为拥有
只求不虚度光年

2019 年 8 月 8 日

衡湖春色

鸿雁归来
杨柳依依
冰雪消融
芳草萋萋
新燕衔春泥
清风拂蝶衣
大地一片生机
处处都是春的足迹
蓝天
万里无云
湖面
晕起涟漪
水中偶有鹤唳
岛上时有鸟啼
我站在岸堤
好想吹一支牧笛
与这湖碧绿
融为一体
感受春天的气息

2021 年 3 月 13 日

哀思

白絮纷纷

灰蝶乱舞

清风亦感凄凉

新泪易干

旧情难忘

无云亦非晴朗

白绫知是千丈

悲哀谁知多长

夏花

禁不住秋来的风霜

世人

耐不住似水的时光

旭日终为夕阳

繁华总成冬殇

世事万物

谁也无法突破命数的屏障

与其陷入失去的悲伤

倒不如背上行囊

试着坚强

2019 年 8 月 8 日

我愿拨弄时光的丝弦

我愿拨弄时光的丝弦
倒转流年
嗅一嗅麦香
听一听蝉鸣
我愿拨弄时光的丝弦
倒转流年
看一看流星
诉一诉心愿
木辙归院
黄牛卧眠
池塘边上蛙声连连
皓月当空
星河灿烂
泥木屋里烛光点点

2018 年 11 月 27 日

寻一深谷

寻一深谷
一望潭幽
碧水
云影
寻一处深谷
一览竹青
石亭
弦轻
彩蝶绕花径
密林隐鸟鸣
微风撩衣袂
红日渐西行
十指玄丝
不念秦亡
不道楚兴

2018 年 12 月 11 日

秋思（一）

寒露
浸染了多少思念
秋风
吹落了多少诺言
红尘里
多少山盟海誓的永远
一刹那
便沦为生命中的瞬间
只换来
一声温柔的抱歉
我想拨弄时光的丝弦
流转光年
不为去追忆
或许已经淡漠的容颜
只为
回到从前
回到你身边
继续曾经
未了的尘缘

2019 年 1 月 31 日

秋思（二）

彩色的信笺
已经泛黄
却似乎
仍然能嗅到一丝清香
我曾仔细
将你珍藏
只为掩去一份心殇
忘掉一段悲伤
当秀丽的墨色
跨过时光
跳跃在身旁
我的泪水
冲垮了我的坚强
淹没了我的心房
原来
爱
竟是如此漫长，
而我却一直
傻傻地相信
定能将你遗忘
最后只换来
我一世的凄凉

2019 年 1 月 31 日

偷偷去哭

我不想让别人看到我的痛苦
不想被悲伤俘虏
我不想让别人看到我的无助
不想被哀情束缚
于是选择在无人的角落
把头深深埋进自己的怀抱
撕去坚强的面目
释放所有的痛处
当灵魂徘徊在漫无边际的黑暗里
看不到出路
找不到归宿
只有失去的残酷和一个人的孤独
从此不敢
再去付出
再去背负
只能在人生的某个路口
踟蹰
再没有勇气向前迈出一步
只是静静地等待
等待着即将到来的荒芜
等待着沦为悲伤的囚徒

2019 年 1 月 31 日

白云

我
随风而来
停泊于空中
一身洁白
没有奢望
没有期待
只是静静地
观览着这人世间的精彩

纵然即将面对的是一场阴霾
也依然能够
笑一笑
挥挥手
离别舞台
不沾惹
一丝尘埃

2019 年 1 月 21 日

鸿鹄

阴云遮住了太阳

麻雀对我说

吹走阴云一定会有阳光

我笑了笑

张开翅膀

穿过云层

冲上云霄

荆棘阻住了道路

野鸭对我说

劈开荆棘一定是通途，

我笑了笑

张开了翅膀

飞过崎岖

越过崇山

2019 年 5 月 31 日

石头（一）

很久很久以前
有一块非常坚硬的石头
矗立在一座高山的山顶上

一位远古人登上了山顶，看到了石头，
对石头说："跟我走吧！让我实现你的价值，
你的坚硬可以让我把你打磨成斧头，让别人畏惧你。"
石头笑了笑，摇了摇头说："谢谢！我不想成为别
人的工具。"

一位建筑工登上山顶，看到了石头，
对石头说："跟我走吧！让我实现你的价值，
我可以把你做成基石，让别人尊敬你。"
石头笑了笑，摇了摇头说："谢谢！我不想被踩在
脚下。"

一位雕刻家登上山顶，看到了石头，
对石头说："跟我走吧！让我实现你的价值，
我可以把你雕刻成艺术品，让别人欣赏你。"
石头笑了笑，摇了摇头说："谢谢！我不想成为别
人的风景。"

一位珠宝商登上山顶，看到了石头，
对石头说："跟我走吧！让我实现你的价值，
我可以把你做成珠宝，让别人赞美你。"
石头笑了笑，摇了摇头说："谢谢！我不想成为
别人的缀饰。"

一位诗人登上了山顶，看到了石头，
对石头说："我带你走吧！让我听听你的故事，
陪陪你的孤单。"
石头沉默了，然后笑了笑说："等你死了呢？"
诗人也笑了笑说："人生不是还有轮回吗？"

2018 年 10 月 17 日 凌晨

石头（二）

秋风
吹散了枯叶
和你的白发
藤椅上
你静静地合上了双眼
再也听不到
我诉说的流年
还记得高山之巅
你曾对我说
要永远
天道轮回
世世相见
而今
不知
彼岸花前
你是否回头轻盼
奈何桥上
你是否偷藏了一缕思念

2018 年 10 月 17 日

祭奠

那一夜
我躺在你的床上
不为慰藉心中的哀伤
只为多一点时间
回忆你的过往
那一天
我坐在你的坟前
不为宣泄心中的凄凉
只为多一点时间
守在你的身旁
生命似乎终究如梦一场
这一生一直都在迷茫
在彷徨
同时也在不断地成长
然而无论是痴、是癫、是狂
终究也无法将过去彻底遗忘
只不过经历生死悲欢后
我懂得了坚强

2018 年 7 月 23 日

彼岸花

我淡泊名利
从不期望被世人爱恋
我看破红尘
从不希望被世事牵绊
于是我选择
远离纷扰的世间
静静地站在忘川河畔
于生命的终点
聆听着每个灵魂的怨叹
这里没有蝴蝶缠绵
没有莺燕呢喃
只有忘川河水的波澜
和奈何桥上孟婆的相伴

2018 年 8 月 9 日

珍惜

不是所有的东西
都会留下痕迹
不是所有的情感
都能给生命打下烙印
不要等到所有的一切
都变成回忆
不要等到生命
被时间燃成灰烬
才记起
生命中
我们曾经相遇

2012 年 2 月 18 日

孟婆说

昨晚见到孟婆
她对我说
情感如流星
璀璨过后一定陨落
记忆似夏花
绚烂之后必然沉默
我在奈何桥上
倾听着每个亡灵自言自语的诉说
然而时光如水
岁月蹉跎
生前所有的悲欢离合
喜怒哀乐不过是易碎的泡沫
一碗清汤之下
无论是佛是魔
是清是浊
终将褪去世间的轮廓

2018 年 3 月 26 日

落叶

秋风耳语
让我明白寒从何来
于是我放下了执着
晨露入怀
让我明白悲从何来
于是我学会了沉默
我轻轻落下
再也无心对错
任凭时光荏苒
岁月蹉跎
也许有一天会被尘土覆盖
成为粉末
也许有一天会被世人拾得
化为寄托
但无论如何
今生再也无法成为你的轮廓
给你一个承诺

2017 年 10 月 25 日

勿忘我

我无欲尘事
不喜妖艳
我无求世人
不会乞怜
我淡然于世间
不知道是谁的期盼
不知道是谁的羁绊
或许只因一段尘缘
换我一世的轻叹

当尘风掠过耳边
当露珠滑过指尖
蝴蝶翩翩
流水潺潺
我的心若天空般蔚蓝
便为这世事万千
奉上我生命的绚烂
即便它是如此的短暂
即便它是如此的平凡
我却仍然渴望得到一丝一缕的思念
来祭奠
我对这世间无怨无悔的爱恋

2018 年 7 月 27 日

落雪

曾经有一份期待
便是希望在尘世中
舞动自己的姿态
拥有一段
属于自己的精彩
然而当我进入这个世界
却发现我的未来
早已被风尘乱了节拍
我失去了曾经的洁白
得到的却是一份又一份对现实的无奈
直到那颗心被伤痛掩埋
填满阴霾
直到真正的自己
变得不复存在
才发现
原来我无法决定自己的命运
只能随风摇摆

2014 年 4 月 21 日

我想做一缕清风

我想做一缕清风
随心而动
任性而为
不背负
不自责
洒洒脱脱

我想做一缕清风
意尽而停
缘末而至
不留恋
不自怨
干干净净

我想做一缕清风
徐徐而行
缓缓而至
可撩红姿之艳美
可戏落叶之悲凄
可抚流水之轻柔
可触高山之坚毅
看世间繁荣衰败
阅人生悲欢离合

我想做一缕清风
一缕掠过尘世的清风
静静路过
不去沾惹尘世一丝纷扰

2017 年 1 月 18 日

破茧

当我的周围充满了暖暖的阳光
我知道我已经冲破了束缚
张开了蜷缩的翅膀
在这光彩斑斓的世界
从此可以将心释放
自由飞翔
我想我已经变了模样
不再彷徨
不再迷茫
追寻着记忆的方向
去寻找曾经憧憬的地方
在那里定有盛开的芬芳
迎接我的成长

2014 年 3 月 19 日

凤求凰（一）

我在天空中痴痴地徘徊
只为找寻你的存在
我在世间中傻傻地等待
只为静候我的真爱
可是我盘旋了千年万载
却依然没有在人间
发现你的姿态
才明白
原来真正的爱情
只是一种
传说中的精彩
与我共舞红尘的
只有空中云的洁白

2014 年 3 月 10 日

凤求凰（二）

我想要一份精彩

虽然生命终被掩埋

我渴望一片洁白

虽然天空偶有阴霾

我不喜欢漫长的徘徊和等待

不喜欢世间的阴暗与尘埃

只喜欢你

喜欢你的温柔

你的善良

你柔软的腰肢和舞动的姿态

我期待

期待你的到来

让我拥你入怀

然后付出我所有的爱

去呵护

我生命中

你的存在

2022 年 3 月 28 日

凤求凰（三）

我一直在等你
等你出现在我的生命里
就算是大雨瓢泼于我的天际
我依然在天空中徘徊
只为寻觅你的踪迹

我一直在等你
等你出现在我的内心里
就算是失望填满了我的过去
我依然在期望中奋起
只为等待你的美丽

一刻的相遇
虽然是瞬息
那份惊喜却足以让我淡忘
曾经无数轮回的四季

我站在风中
在等你
等你披上白纱衣
走进红毯里
等你说出你愿意
愿意和我不离不弃
愿意相信我可以给你与众不同的东西
可以给你一生的幸福和甜蜜

2014 年 11 月 07 日

蛋壳（想说爱）

虽然我没有钻石的坚硬
却仍固执地要给你永远的守护
想包容你的各种脆弱

虽然我没有阳光的温暖
却仍倔强地想给你怀抱的温度
想融化你所有的寂寞

我希望
我能给你一副坚强的轮廓
我希望
我能给你一处安心的停泊
我希望
我能给你幸福和快乐
虽然我只是一只蛋壳
生命容易凋落
在浩渺的世界里
它是那样的渺小和平凡
但我却永远不会放弃
我独有的执着
和对你的承诺

2018 年 3 月 29 日

仙人掌——坚强

虽然这里的世界
是一片令人畏惧的贫瘠和荒凉
可是在这里
我却从来没有放弃过希望
总是勇敢地面对阳光
努力成长
争取绽放属于自己的芬芳
既然来过
便不想被遗忘

2014 年 5 月 18 日

葵——沉默的爱

我的每一丝芬芳
都带着我的痴狂
我的每一丝金黄
都含着我的渴望
当我的目光
对上你的脸庞
我便陷入迷茫
因为你可能永远不会知道
我有多么希望能够陪在你身旁
可是我无法飞翔
只能在遥远的地方
一边期望世界的每天都是晴朗
一边在成长中学着坚强

2014 年 4 月 29 日

风塔之歌

我默默站在你的远方
只为积蓄力量
化作光芒
把你的黑暗照亮
虽然这里是一片寂寞的荒凉
没有花的芬芳
没有水的流畅
更没有你的目光
我却依然选择带着我独有的痴狂
承受风雨
守护一丝希望
在无尽的夜里
让一份眷恋顺着我的凝望
停留在你身旁
驱散你尘世的迷茫
温暖你寒冷的心房

2015 年 1 月 8 日

雨

是什么穿透了世俗
跌落在我的心扉
是什么凝聚了宿命
滑落在我的脸颊
飘落的雨滴
打乱了我的心曲
在我的心中激荡了一层层涟漪
让我的心久久不能平静
天空的灰色让我看到了绝望的失落
再也找不到自己真正的颜色
我想我真的属于寂寞
因为没有人能在雨中
给我想要的快乐
没有人
能为我的落魄
添加新的轮廓

2009 年 4 月 22 日

用心做自己

茫茫尘世
虽然我们带不走任何名利
却倾尽一生去探求生命的真谛
寻找活着的意义

我想人生不过如此
仅仅只是在生与死之间划出自己的轨迹
当沉沉睡去
今生拥有的一切
终将成为一场落幕的剧

用心做自己吧
在这仅有的生命里
不要等到繁华落尽
只留下叹息
即便是一场游戏
也要勇敢地张开双翼
找寻属于自己的甜蜜
用心做自己吧
在这仅有的生命里
不要等到流星陨地
只留下灰烬
即便会离开天际
也要坚强地绽放美丽

展示属于自己的魅力
哪怕只是一瞬间
如若白驹过隙
也不要在生命中的任何时刻轻言放弃

2014 年 2 月 25 日

我要给你幸福

我要用芬芳的花朵
装扮你世界的荒芜
我要用温柔的爱意
打开你心灵的禁锢
我要牵上你的手
在红色地毯上
和你迈出共同的一步
然后奔向爱的国度
从此以后
无论是白天还是黑夜
是贫还是富
我都愿意你是我的公主
在你的身边给你永远的守护

我要给你幸福
我要背负你曾经所有的伤痛
我要给你幸福
我要背负你未来所有的在乎
我要给你幸福
给你最美最美的幸福
让你
忘记痛苦
忘记孤独
从此只会记得我拥抱的温度
爱你
直到生命干枯

2013 年 8 月 13 日

幸福三叶草

传说中世上有一片四叶的三叶草
所有伤痕累累的人都在寻找
因为它是幸福的代表
如果找到它
所有的祈望都会实现
一生都会被幸福笼罩
就像住进了美丽的城堡

可是谁人知
这世界上的一切
终将是自己创造
即便是此时一切顺意
谁也无法保证能延续到
下一分下一秒
悲伤的人
只有在时间轴上不停地奔跑
才能忘掉曾经的忧伤
和过去的烦恼

不要相信幸福会有什么向导
也不要以为命运好是因为祈祷
要想一切变得美好
那片非同寻常的三叶草
只有到自己的心里去寻找

2009 年 9 月 29 日

爱你没有理由

见到你
便有无限的眷恋
离开你
便有无限的思念
不要问我为什么要爱你直到永远
因为每当看到你的脸
我便感觉以前是多么孤单
不要问我为什么要爱你直到永远
因为每当牵上你的手
我便感觉现在是多么温暖

我要爱你在未来的每一天
就算是海枯石烂
也要永远相伴
我要爱你在未来的每一天
就算是地裂天崩
也要誓死缠绵

2014 年 2 月 5 日

天狼星

是不是身边没有任何人
我的世界便不会存在欺骗
是不是心中没有任何人
我的世界便不会拥有背叛
于是我冷了容颜
断了情缘
远离纷扰的人世间
无须相伴
无须思念
只需一份遥远的孤单
断绝那份我无法忍受的伤感
宁愿心中是一份不悲不喜的平淡
爱，已是从前
我，已远在天边
我的世界
没有期盼
亦没有眷恋
唯有一份我独有的冷寒

2014 年 1 月 18 日

雷电

尘世的小孩
请不要害怕我的存在
我只是绽放我的光彩
撕开你的阴霾
让你明白
即便是阴雨覆盖了你的世界
也会有一种震天动地的爱
陪你一起期待
彩虹的到来

2014 年 2 月 17 日

雨滴

不知何时
我仰望到的只剩阴霾
淡忘了阳光的存在
不知何时
我感受到的只有悲哀
忽略了幸福的到来
到底是何时
我丢了洁白
没了期待
染上尘埃
再也不是天空中那个纯洁调皮的小孩

2015 年 1 月 15 日

雪

曾经有一份期待
是希望能在尘世中找寻一种存在
可以寄托我所有的爱
虽然我生于阴霾
却依然想在冰冷的世界里
舞动一种精彩
告诉世人我的洁白
我是雪
冷傲的雪
坚持用我自己的姿态
去迎接未来

2014 年 2 月 24 日

风

如果有一天我有了目标
我便坚定自己的方向
不再彷徨

如果有一天我有了中心
我便释放自己的力量
不再迷茫

我是风
漂泊于尘世间的风
只想在尘世间找寻一个地方
放飞自己的梦想
无论有多少阻挡
无论有多少悲伤
我都会一如既往地相信自己的坚强

2014 年 2 月 07 日

细思量

是否必须经历很多的失去
才能有所成长
是否必须承受很多的伤痛
才能懂得坚强
在人生路上为了能从容面对前方
于是忍着心碎和眼泪
努力试着将过去遗忘
却每每在拐角处发现
原来我们依然无法释怀那份曾经的悲伤
只是强颜欢笑做假装

2013 年 7 月 04 日

雨

我希望我的坠落
能涤去浊尘
给世界带来清新
我希望我的坠落
能润泽万物
给世界带来生机
虽然我的生命
只是短暂的瞬息
我也仍然希望
自己能在空中留下轨迹
给世人留下一段回忆

我是雨
来自云端的雨
离开了天际
放弃了自己
只为在红尘中找寻生命的意义

2014 年 2 月 13 日

我就是我

我就是我
不是谁世界的烟火
一闪而过
也不是谁世界的巍峨
永远沉默
不想做谁的附庸
也不想要预定的结果
只是傻傻地执着于一份幼稚的信念
天真地渴望不一样的生活
我就是我
希望似晴空里的一朵白云
没有背负
能自由漂泊
希望似黑夜中的一轮冰月
没有眷恋
将红尘看破
我就是我
想要自由和快乐
即便是也有懦弱的一面
即便是十分落魄
却依然坚持自己的我

2013 年 4 月 30 日

茧

世俗的迷雾
不会让我迷茫
不会让我忘记自己的方向
狂躁的风雪
不会让我沮丧
不会让我放弃自己的希望
我一直坚信
撑过这段漫长
未来定是充满着鲜花的芬芳
虽然我还没有张开翅膀
还不能飞翔
不能去追逐梦想
但在这个冬天里
我静静地
积蓄力量
默默地等待着明年春天的阳光
默默地期待着自己进化的模样

我是一只茧
只是一只茧
没有放弃过追求和成长

2013 年 6 月 18 日

我希望你能陪在我身边

我希望你能在我身边
让我明白我不孤单
即便是无尽的黑暗
也能给我信心
等待明天

我希望你能在我身边
让我明白我有牵绊
即便是巨大的困难
也能给我勇气
扬起风帆

我希望你陪在我身边
让我的手臂带着力量画一个圈
告诉你
只要我有心跳
这里绝对安全

我希望你能在我身边
让我的手臂带着爱意画一个圈
告诉你
只要我有心跳
这里绝对温暖

我希望你能在我身边
人生路上便能和你
相依相伴
同悲同欢
共享未来每一个平凡的瞬间。

我希望你能在我身边
如果无情的岁月非要加上期限
我希望那是我生命中的永远。

2013 年 4 月 18 日

朋友

你们让我学会了什么是勇敢
从此可以大胆地直面黑暗
你们让我懂得了什么是羁绊
从此可以坚强地应对困难
你们让我坚定了信念
从此可以执着地攀爬自己选择的峰巅
你们让我释放了情感
从此可以尽情地绽放自己独有的璀璨

谢谢我生命中
每一位朋友
虽然人生路上
彼此只是短暂地相伴
我永远不会淡忘你们的容颜
因为是你们
驱散了我的阴霾
我的天空才会拥有如此的一片蔚蓝
因为是你们
赶走了我的孤单
从此我可以无所畏惧放开心怀
去迎接明天

2013 年 5 月 13 日

是否向命运屈服

不知何时
我竟然
也成了尘世的囚徒
沦为命运的俘虏
与之力量的悬殊
让我越来越感觉到自己那样的
孤单与无助
还记得我曾举盏、望月、癫笑
自觉看破红尘
如今那却成了一时的自负
多少次的挣扎
多少次的愤怒
到头来却仍然无法逃脱世俗的禁锢
只留下满心的伤痛
是否向命运屈服
是否甘心就这样闭幕
是否向命运屈服
是否接受现实的残酷
是否
我是否还要继续坚持
自己的脚步
走自己的路

2012 年 12 月 10 日

我明明知道

我明明知道
时间总会带走所有的悲欢
却仍无法释怀那些掠过内心的情感
我明明知道
世间总交替着黑夜和白天
却仍希望留住那些曾经美好的瞬间
我明明知道
所有的一切
都会随着生命的凋零而消散
却仍痴痴地傻傻地
继续着一份或许毫无意义的信念

2013 年 3 月 27 日

情愫

世上有一种情愫
纯净若池中的青莲
世上有一种情愫
宁静若谷中的幽兰
世上有一种情愫
很简单
没有世俗的纷扰
没有世俗的冗繁
只有痴痴地恋
在生命里
静静地蔓延

2015 年 8 月 16 日

你何时舍弃了自己

是否有一天

你发现自己

已经被世俗淹埋

忽略了生活应有的精彩

是否有一天

你发现自己

一味地追逐权财

淡忘了曾经梦想的未来

是否有一天

你发现自己

已经忘记

曾经对着蓝天白云痴痴地发呆

曾经对今天有着怎样的期待

是否有一天

你发现自己

早已没了自己独有的姿态

只是麻木地迎合众人的节拍

是否有一天

你发现自己

不再是曾经的那个天真的小孩

而是早已舍弃了自己
沦为了
世俗中的一名
贪婪的乞丐

2013 年 5 月 29 日

星

我害怕无情的背叛
于是我决定徘徊在宇宙的深处
宁愿选择灵魂的孤单
我害怕心碎的伤感
于是我决定静处于世界的高处
宁愿割舍尘世的情缘
虽然我羡慕他人欢乐的笑颜
虽然我羡慕他人幸福的瞬间
可是我
却没有勇气
去经历同样的悲欢
只能在深夜
默默地窥视人间

2013 年 4 月 11 日

陨星

如果有一天
我收起双翼
消失于你的天际
请一定不要将我忘记
不要忘记我曾看到过你的哭泣
不要忘记我曾倾听过你的秘密
虽然
我只是在遥远的距离注视你的美丽
虽然
我只是你天空中存在的千万分之一
可是我仍然希望
能与你相遇
哪怕于尘世间的某个角落
化成灰烬
也不想在生命中留下一丝的遗憾

2010 年 2 月 10 日

我愿为魔

我渴望
能远离尘世的喧哗
拥有一份宁静
我渴望
能摆脱尘世的束缚
获得一点自由
于是我愿化身为魔
只为能超脱于红尘
放纵灵魂

我愿为魔
我愿意抛弃世间的牵绊
抹去所有的悲欢
我愿为魔
我愿意忘掉人生的情感
消弭所有的留恋

我愿为魔
我愿意有一颗心
石头一样坚硬
冰一样严寒
从此可以尘封过去
淡漠明天
不再为谁
为何
而动了容颜

我愿为魔
消失于人间
坠入永夜的黑暗

2013 年 2 月 06 日

父亲

不知何时
淡漠了芳华
使你青丝成白发
不知何时
折服于岁月
让你风霜写脸颊

我记得
小河里雨水激起的水花
我记得
夕阳下耕牛伴着云霞
我记得
门庭下为我理去纷乱的长发
我记得
白纸上为我认真写的一笔一画
我还记得电话里那声语重心长的牵挂
我记得
我都记得
我会记得
不会忘记
曾经失去的每个平凡的刹那
而今已化为
脑海里幸福的图画
情感上快乐的伤疤
让我每次打开记忆的堤坝
都无法禁住那泪如雨下
父亲
我想说

我爱你
哪怕
我被命运放逐到海角天涯

2012 年 11 月 26 日

难以忘记，独自想你

无论遗忘得多么努力
都无法抹去
生命中你存在的痕迹
无论多么悲伤地哭泣
都无法换回
曾经有你存在的过去
闭上双眼
任凭脑海填满对你的记忆
当泪水慢慢滑落
坠入空寂的心里
我才明白
爱上你
原来
竟然是如此地彻底
只是
我却一直没有勇气
说爱你

2012 年 11 月 20 日

天马座

无论面对多么强大的对手
总有一份执着
便是守护世间的羁绊
无论历经多少巨大的挫折
唯有一个信念
便是打破前方的黑暗
远去的路未知且凶险
但是那些都无法阻止我的勇敢
我要用自己的力量
击碎邪恶势力的贪婪
证明自己立下的誓言
即便是目标在世人看来是遥不可及
也不会因此而停下追逐的脚步
我相信在女神的护佑下
定会拥有属于自己的璀璨
注定不会平凡

2012 年 11 月 26 日

只因爱你

不知要创造多少的快乐
才能掩埋你内心中曾经的忧伤
不知要勾勒怎样的图画
才能掩饰你世界里命运的涂鸦

我想撕裂时空
回到过去
抹去你伤心的经历
我欲拥你入怀
轻柔细语
淡化你悲痛的痕迹

我愿意为你
准备一双强劲的双翼
晴天的时候带你翱翔天际
淡看尘世的起伏
阴天的时候为你挡风遮雨
静听风雨的喧哗

我愿意为你
扬起一张坚实的风帆
无风的时候
陪你尽享惬意
淡看日出日落
有风的时候

伴你立于风中
静听浪花的嬉戏
只因爱你
才希望未来有你

2012 年 11 月 20 日

我希望我是鹰

我希望我是鹰
有锐利的眼眸
锐利地能看透尘世的是非

我希望我是鹰
有强劲的翅羽
强劲地能保护身边任何人

我希望我是鹰
有锋利的爪子
锋利地能撕裂所有的羁绊

我希望我是鹰
有坚强的心
坚强地能忍受日晒和雨淋

我希望我是鹰
高傲地自由地翱翔于天际
淡然飘逸地飞过世间

2012 年 6 月 15 日

我是谁的流星

我是谁的流星
谁看到了我的伤悲
我是谁的流星
谁为我流下了眼泪
在静寂的夜里
我又划过谁的天空
坠入了谁的心扉

我是谁的流星
谁只为我显示妩媚
我是谁的流星
谁只让我叫作宝贝
在纷扰的尘世
我为谁淡泊了是非
让成败变得无所谓
我到底是谁的流星
将会出现在谁的夜空
一辈子谁来陪

2012 年 2 月 26 日

滑过你的脸庞

你曾告诉我
你想做一条水里的鱼
因为那样泪水就不会落入土壤
而且还会在第八秒将我遗忘
可是你不是鱼
当看到
你的泪水淌出眼眶
滑落你的脸庞
才明白是我的无情
粉碎了你的坚强
让你的心受了创伤
这一切都是我的错
是我没有给过你坚实的臂膀
是我没有在雨中给你披上温暖的衣裳
是我把一段美好变成了伤心的过往
可是我希望你能原谅我曾经的自私和躲藏
因为当泪水滑落你的脸庞
我又何尝不想与你航行在爱情的海洋
只是你的目光无法读取我的思想
你的爱没有我的寂寞长

2010 年 02 月 10 日

爱地球

在无数个星球中我选择了你
地球
那是因为我爱你的蓝
我曾在相距几百万光年的地方遥望着你
你那强大的魔力和蓝色的魅力
深深吸引了我
为了弄懂你的蓝
于是我决定放弃自己的轨迹
去做你生命中的流星
探寻你心灵的深处
此时的你已经是我生命的寄托
奔跑中再也没有任何引力能改变我执着的追求
我知道我将会消失在你的天际
但我无怨无悔
因为在你最黑暗的时候
我可以留下我生命的光辉
我知道我将会化作落地的尘埃
但我亦无所谓
因为我曾出现在你的心中
天空中我加快了脚步……

2008 年 11 月 8 日

我原来也会心碎

寒风吹散了空气中
你的身影
你的声音和你的眸
那属于你的一切
都似摇曳而飘落的玫瑰
只留下些许的香味

我曾经的冷漠
和自以为是的无所谓
伴随着我的意志
顷刻间崩溃

当渐渐习惯了每夜都辗转难以入睡
当渐渐习惯了每天都靠酒精来麻醉
才发现
原来我的心
也会碎

2009 年 8 月 24 日

月光

月的光
穿过了夜幕
让黑暗中多了一份明朗
月的光
抚平了我心里的伤
倾听我诉说的衷肠
月的光
带走了我的忧郁
给了我一个温暖的梦想
月的光
冲破了世俗的迷雾
带走了我对现世的迷茫
月的光
见证了历史的沧桑
让我明白
每个人的心
其实都是在流浪

2009 年 4 月 16 日

爱到流泪

尽管你无情的冷漠和高傲
把我的意志击溃
我却从来没有半分后悔
尽管我真情的呵护和关心
换回来的是心碎
我却没有想过半步的后退
我心甘情愿身心疲惫
只想能用一份真爱
撞开你的心扉
可是你每次的无所谓
却让我沦为爱情的傀儡
不要问我到底爱你有多深
我爱你爱得
流了泪

2009 年 3 月 26 日

饿狼传说之逐月篇

我拼命地奔跑
只是想触摸你的轮廓
到最后只剩下我心痛的失落
我疯狂地奔跑
只是想掀去你的冷漠
到最后只留下我无尽的沉默
于是我只能对着你那遥远的身影
一遍一遍
细说我的承诺
只希望有那么一天
你能真正地明白
那不是易碎的泡沫
而是只属于我自己的传说

2011 年 7 月 12 日

致青春

亘古不会存在
永远
只是一种最美的期待
幸福不能只靠命运来安排
生命
终究要靠自己涂上色彩
于茫茫人海
不知道
该用怎样的姿态
才永远不会失败

2009 年 11 月 25 日

毛毛虫的故事

在那落叶飘飞的季节

与你相遇了

看着你那可爱的模样

我感觉到了自己的心跳

让我相信了世界上真的有缘分

于是飞快地爬到你的身边

悄悄地告诉你

喜欢和你一起的感觉

你羞涩地告诉我

我们挣脱束缚的茧

都会长出一对翅膀

可以一起去寻找传说中的玫瑰

因为在百花中只有它才是爱情的象征

传说能在玫瑰的香气中起舞的毛毛虫

就会幸福一辈子

在温暖的草丛里

我们静静地一起等待着那个春暖花开的时候

承受了漫漫长夜带来的恐惧

接受了风雪雷电的考验

终于我隐约嗅到了花香的气息

我努力扭动着身躯

去挣开那厚厚的束缚

然而等我冲出那厚厚的茧

却发现身边的你消失了

只留下同样挣扎的痕迹

忍受不了幸福诱惑的你

早就先我一步飞走了

可是你是否知道

我的迟到

仅仅是为了想拥有一双更能保护你的强硬翅膀

2009 年 3 月 14 日

赠佳人

红烛泪
魂欲碎
思绪穿心夜不寐
山黛眉
凝红尘
碧玉酥手尽妩媚
佳人难眠痴心醉
独倚楼床空月对
莫言流星无心不知人间味
我说那是爱无悔
片刻炫目
独为你坠

2010 年 7 月 8 日

陨落

我是一颗凡星
然而时间流逝
斗转星移
我失去了原有的轨迹
望着天际中运转有序的星群
我突然感到了自己的多余
天空中没有一个星座愿意收留我的寂寞
一滴泪水从心中滑落
缓缓坠到宇宙的边际
我蓦然看到了自己的归宿
陨落吧
这才是我生命终究的轨迹

2008 年 11 月 8 日

我想喝醉

被封印的东西
此刻在蠢蠢欲动
仿佛要冲破那份属于他的束缚
周围弥漫了他冷漠的气息
冰冷的东西拒绝了任何来自外界的渗透
只留下了一份孤独
尘世中疲惫的心灵
已经无法承受他的存在
也许顷刻间就会崩溃

好想用酒精灌醉
至少可以不用在乎它的破碎
哪怕输得很干脆

2009 年 11 月 29 日

泛黄的枫叶

岁月的无情
染黄了写满诗的枫叶
人的无情
让爱情的花过早凋谢
每当
仰望那轮冰冷的月
就会想起你
想起曾经每个写满思念的夜
你的好、你的坏
你的纯真、你的无邪
给我的生命涂上了色彩
而我的无情生生地把我们的梦撕裂
让共同的未来破灭
而曾经与你拥有的一切
至今却只剩下这片泛黄的枫叶
和我悔恨心碎的一阕

2009 年 4 月 13 日

黑夜，我陪你等明天

在你的生命中
如果黑夜出现
我愿第一个到你身边
把祝福挂满你的空间
不管黑暗中隐藏了多少危险
不管空气里潜藏了几许严寒
我愿陪你抗拒那份冷漠的孤单
一起度过漫长中的每一瞬间
不要因为此刻的黑暗就否定有明天
不要因为一时的消极就让心灵沦陷
在冰冷漆黑的夜里
我会一直在你身边
和你一起等待黎明的出现
相信
不久就是明天
我愿意是你黑夜里的那轮冰冷的月
把光明的希望送到你的心中
把一生的祝福挂满你的天空

2009 年 4 月 11 日

我们之间的距离到底有多远

你走了
扬起了自己的风帆
带走了属于你的一切
只留给了我
支离破碎的记忆
和一个人的孤单
心灵狼狈不堪
我输得很惨
我永远没有明白
曾经的每次相见都是面对面
然而当指尖对指尖
却发现我们相距是那么的遥远
尽管我
努力挣脱那命运的线
拼命冲破那层层的茧
疯狂撕扯那世俗的链
可是
与你的距离却始终没有改变
告诉我
我们距离到底有多远
为什么想拉近一点点
是那么困难

2009 年 4 月 13 日

爱你

见到你
便有无限的眷恋
离开你
便有无限的思念
不要问我为什么要爱你直到永远
因为每当看到你的脸
我便感觉到以前是多么孤单
不要问我为什么要爱你直到永远
因为每当牵上你的手
我便感觉到现在是多么温暖
我要爱你在未来的每一天
就算是海枯石烂
也要永远地相伴
我要爱你在未来的每一天
就算是地裂天崩
也要誓死地缠绵
爱你亘古不变

2014 年 2 月 25 日

你是我的星

你的闪烁
打破了夜的宁静
你的晶莹
给我的黑夜增添了美丽的风景
虽然你我相距很遥远
但在没有阳光的时候
你总是给我一个缥缈的身影
把我的孤单
驱散得干干净净
你总是在夜风中
区分出我的声音
小心地倾听
在我黑暗的世界里
你就是我的星
让那份纯纯的友情
融入我的生命

2010 年 1 月 28 日

你是我的月

你是我的月
你的阴晴圆缺
牵动了我喜怒哀乐的情感
你的似水流年
连着我对你斩不断的思念
你的出现
我的心便不会在黑暗中沦陷
你的相伴
我便不会在这冷寂的夜里感到孤单
你是月
是我的月
在我的夜空里是那么的明显
你是月
是我的月
你承载我痴痴的恋
也给了我一份勇敢
无惧世俗的严寒
你是月
黑暗中我唯一的月
对你的爱
不似转瞬即逝的短暂
而是超越了距离
跨越了时间
真正的永远

2010 年 2 月 9 日

如果你不是

如果你不是真心想要我快乐
请不要轻易许下承诺
如果你不是诚意想给我幸福
请不要随便就说爱我
如果你不是我真正的传说
请不要靠近孤独的我
我宁愿独自守着这份寂寞
任凭一份空白的思念
四处漂泊
也不会让自己被爱情折磨
当虚情假意被时间看破
当甜言蜜语变成无言的结果
当未来的憧憬成为易碎的泡沫
你可知
我的脆弱会化成无情的泪水滑落
如果你只是把我当成你的一种收获
拜托请离开会伤心的我
并让我们的每次相遇
都变成你我的擦肩而过
我宁愿那份情
像沉睡的火山一样
永远保持着沉默

2010 年 3 月 25 日

打破

不想让你知道我的在乎
是害怕你也许不会珍惜
不想让你感到我的在乎
是担心你可能不会在意
不想让你看到我的在乎
是因为那或许毫无意义
不想，什么都不想
只想在你身后
静静地看着你
把你的一切都写进记忆
或许这样
伤口就不会出现在我的心里
其实我无时无刻不渴望和你在一起
手拉手享受身边的空气
可是我无法直面未知的恐惧
选择打破平衡后的另一种结果
哪怕只是很渺小的概率
也会让我的靠近变得小心翼翼

2010 年 3 月 10 日

沉默

看着你被甜言蜜语迷惑
我好想告诉你
真正爱你的是我
可是听到你笑得那么快乐
我却失去了勇气去说
看着你开心地守着那份承诺
我好想告诉你
那只是镜花水月的泡沫
可是听到你甜美的歌
我却不忍去打破
就这样
静静地在你的背后
一个人
一个魂魄
痛心地沉默

2010 年 4 月 9 日

你是我的唯一

你的一切
已写入了我的记忆
你的脸庞
此生早就难以忘记
我原以为生活有些虚拟
悲欢与离合
只不过是一部喜怒哀乐的感情戏
可是当你消失在我的天际
才发现你在我心中
无人可以代替
生命里没有了你的存在
情感不再激起半点涟漪
仿佛一切归入死寂
压抑的我无法呼吸
我曾试着将回忆遗弃
却发现无论如何努力
都无法抹去
你留下的痕迹
空气中仍然依稀可以嗅到你的气息
原来
轮回的四季
你是我的唯一

2010 年 2 月 13 日

流星

你抛下了所有的羁绊
匆匆地消失于地平线
让我来不及
许下任何心愿
在黑色的夜空里
转瞬即逝
没有一丝留恋
连我的誓言
也被你无情地点燃
只换来短暂的璀璨
就这样把我对你的
那份温暖
那份永远
那份思念
遗落在你记忆的边缘
在天空中
深深地划出一道弧线
一去而不返
只留给我
曾经的瞬间

2009 年 12 月 27 日

假装不想你

假装不想你
假装已尘封过去
可是伸出去的双手
依然去探寻你的美丽
假装不想你
假装只是场游戏
可是失去你的伤痛
却是撕心裂肺的清晰
假装不想你
假装能从容面对
可是看到你的得意
却发现自己一败涂地
假装不想你
假装不再回忆
可是每次试着忘记
却又加深了你的印记
我假装没有你
平静而无所谓
假装一切是那样轻松容易
可是
对你的痴迷我却身不由己
对你的思念我却无法抗拒
原来
爱上你没有一点痕迹
却是刻骨铭心的彻底

2010 年 7 月 29 日

回忆总想哭

总想和你一起慢慢地变老
淡漠尘世的烦恼
你美丽的微笑
我温暖的怀抱
是彼此一生的依靠
可是我没有向苍天祈祷
你忘记了我的好
那短暂的幸福
再也无法碰触
从此我的世界拉下夜幕

回忆总想哭
一个人的孤独
这份情刻骨铭心终将被辜负
承诺永远地守护
曾经执着地追逐
爱到深处却没有了退路
回忆总想哭
一个人的温度
依然残留着我对你的在乎
既然已形同陌路
往事便不再回顾
再也没有勇气向爱情迈步

2018 年 3 月 31 日

等你已千年

我背负了千年的记忆
只盼能够再续前世的缘
我放弃了轮回的权利
只为留住对你亘古的恋
于是我带着对你的思念
漂泊于世间
只为在无数个尘世轮回中
找寻你的容颜

当明月照着我的孤单
你可否知道
我等你已千年
心早已成碎片
片片遗存着我的誓言
当尘风掠过我的身边
你可否知道
我等你已千年
泪早已被风干
滴滴浸染着我的情感

几千年或许沧海桑田
几千年或许海枯石烂
而我的爱却一直没有改变

我等你已千年
期待了无数个明天
期待着你的出现
期待着你陪我
度过暗夜的寂寒
一起欣赏流星的璀璨

2009 年 7 月 31 日

烟火和爆竹

我喜欢爆竹
喜欢它震惊世俗的那声呐喊
我喜欢烟花
喜欢它刺破苍穹的那阵璀璨
虽然它们的存在很短暂
可是它们却拥有让世人仰望的瞬间
不甘于平凡

2015 年 2 月 26 日

衡水赋

八荒腹地，中州之源，
天河之侧，横漳之畔，
京畿坦途，平陆鸿原。
溯于虞夏，王畿之所在，
闻于春秋，晋国之封域。
北躬京都，南望轩辕，
西可入川，东可临渊，
虽无高山之峻势，不乏圣人先贤，
虽无海泽之阔广，亦有神祇灵仙。
蜿蜒九河行如龙，碧波一湖平如镜，
汇四方之气脉，得上苍之垂怜。

少康种下白玉泉，酿成美酒老白干。
大圣偷进蟠桃园，丢下桃子落人间。
春可望秀色，秋即品桃甘。
蒙恬赠笔，季凌植兰，
贾主簿推敲寺门前。
金龟应识人间趣，曲水流觞绕青莲。
孝女当知真天子，忠义救君立东汉。
水中育金鳞，画中藏婵娟。
崔护和绛娘，一段好姻缘，
内画有名师，众说道玄临凡，
教育出高徒，人道颜回频现。
饶阳葡萄，漫河瓜田，

冀州焖饼，故城宫面，
枣强熏肉，武邑扣碗，
历史人文，犹如群星浩繁。

草木丰茂，承日月之精华，
民风素朴，接天地之灵韵。
育众生，泽万物。
沧海横流，源于滴水，
广袤沃野，起于寸方。
鲧禹治洪，舍生取义，得安居之栖；
董子崇儒，禁欲勤学，取百家之长。
诗有达夫，气骨人尽知，
佛有道安，智慧天下识。
崔瑗行墨势如龙，
建德拔剑指苍穹。
习文应学孙伏伽，才以治国，
用兵当学苏定方，武能拒强。
苦学不效孙敬，但闻其典，未闻其详。
忠君不效长恭，生于帝家，死于昏王。
孝子良臣马中锡，
贤妻良母窦漪房，
天地存浩气凛然，人间有正道沧桑。

行如流水，顺势而为，方可曲达；

立若崇山，倚高而望，才能远观。
顺势谋于时，远观谋于世，
众志成城，万世勠力，方铸衡水今之千秋。
春有清风饮流觞，
夏有蜂蝶戏群芳，
秋有冰月流疏影，
冬有瑞雪人间藏。
党政清廉，天之盛平，
四时有序，地之富饶。
引世间之才，聚八方之力，
修道路、筑工业之基础；
兴水利、通农业之血脉；
重教育、种未来之希望。
衡水人民，万众一心，共创明天之辉煌。

2021 年 3 月 6 日

沧州赋

京津之邻，汪洋之滨，
黄河故道，齐燕边陲。
始于西周，鄚州旧址，
名于北魏，沧海新城。
北拥帝王之气，南望东岳名山。
东临渤海之势，西连广袤平原。
九龙入境，八方通衢。
军事要冲，畿辅重地。

铁狮余威，黑龙难侵。
神鳖存义，渡船不覆。
绛珠河畔，
海神麻姑择泉酿酒。
水越寺内，
行僧恒修断腕积缘。
秦始皇壮志难已，征千童寻仙问药。
汉献王儒心未泯，倾余生集续典篇。
扁鹊行医，望闻问切，诊断杂症疑难。
东篱作曲，旦末净杂，演绎世事纷繁。
武效荡寇将军张儁乂，
骏马长枪点江山。
文推观弈道人纪晓岚，
狐鬼神怪论良善。
忠有贤臣范景文，

奸有阉人魏忠贤。
孝有邢子才，
廉有张知白。
十帝元老冯可道，
抗倭良将刘带川，
文能吟词作赋，武可抗倭戍边。
晚清肱骨张孝达，
奠工业基础，
创实业以兴邦。
北洋中坚冯国璋，
顺历史潮流，
怀救国之志向。
地非沃野，勤力足以丰物，
文不盛荣，苦读频出良才。
守土存名士，扩疆出能臣。
吴桥有杂技，人人身怀绝艺。
孟村悟八极，各个武术高强。
平野孕仙果，沧海育灵珠。
大泽出香砂，五谷生纯酿。
泊头鸭梨，甘之如饴。
河间驴肉，唇齿留香。
沧县冬菜，堪誉四时佳蔬。
连镇烧鸡，可称御膳珍品。
青县羊角蜜，清脆爽口。

黄骅梭子蟹，脂满膏肥。

可谓十里有良品，百里不同香，

特产名吃，不盛枚数。

夕阳思晨，落叶怀春。

流水急途，疏于风景，逝于东海。

傲枝争艳，失于时节，消于尘埃。

历史古城，渤海新韵。

借华夏余辉，铸千秋功业，

承历史底蕴，创盛世和谐。

琼楼林立，巨轮鳞列，

物资丰盈，经济腾飞，

政通人和，党民一心。

凭地理之势，奏华章，创盛世之荣，

借科学之力，绘新篇，造宜居仙境。

2021 年 7 月 11 日

邯郸赋

历史古都，文化名城，
成语胜地，太极之乡，
肇启于商，盛于赵魏。
历三千年之风云变幻，
经尽盛衰。
虽非兵家必争，
借太行威仪可窥视中原；
虽非南北要冲，
靠煤铁矿藏能富甲一方。
天地垂怜，造奇峰峻岭之貌，
神灵眷顾，化清河秀水之趣。
蜷蜷兮如盘龙，隐于江河之侧，
若存临渊之势。
朦朦兮似卧虎，匿于山林之间，
露显王者之气。

中皇山巅，寄女娲之灵，
串城街里，存秦皇之志。
荀卿重学知，出仕为民，
鬼谷擅谋略，隐世安身。
公孙龙诡辩，白马过秦关，
西门豹倡廉，凿渠治邺县。
毛遂自荐，连合纵之势，
罗敷入水，传贞烈之名。
赵雍胡服骑射救赵之危亡，
魏征诤言直谏助唐之盛世。

窄巷回车，相之胸怀，
负荆请罪，将之大义，
将相谦和，同仇敌忾。
赵奢有勇，阏与拒秦，
赵括无谋，纸上谈兵。
虞信奔魏，沮授渐营，
铜雀台上，才子佳人，歌舞升平，
赵胜杀妾，不算君子之为，
王莽篡汉，已是不臣之举，
潘美有失，亦是北宋名将，
郭资不忠，也算明朝肱股，
大历才子司空曙常怀粥米之忧，
太极宗师杨露禅从无强敌之虑，
湖水如镜，映京娘痴意，
月华如玉，鉴杏元真情。
贤者云涌，人才辈出，
世事浮华，黄粱一梦，
历史遗痕，大浪淘沙。

漳水东流，以朝大海，
武当西顾，以躬太行，
响堂山佛家石窟，匠人之心技，
聚龙山莲花溶洞，自然之神工，
日照炉峰，观淡淡云影，
长寿灵泉，听潺潺水声，
彭城瓷窑，与景德齐名，

弘济古桥，和安济同脉。
五指山麓，可寻悟空之迹，
滏阳河畔，曾有乾隆之踪。
涉县三珍，享誉华夏，
魏县雅梨，名冠古今，
永年大蒜，脆嫩味美，
武安小谷，绵甜糯香，
肥乡圆葱，鸡泽辣椒，
馆陶黑麦，磁州莲藕，
威县酥鱼，广平八蒸，
虽无仙蔬灵果，依古法秘技胜珍馐佳肴，
虽无奇珍鲜品，靠精心绝艺变人间美味，
色泽明艳，引路人注目，
香气扑鼻，勾行者馋涎，
李白于此久不行，
康熙至此迟不归。

山水灵秀，物产丰富，
交通便捷，经济盛荣，
党政协力，共绘辉煌画卷，
万民一心，同创文明新城。

2021 年 7 月 24 日

读苏轼生平有感

微微尘埃，早掩青霜，
昔日豪情，已随酒觞，
一生执念，到头不过几曲宫商。
漫漫长夜，将慰心伤，
曾经壮志，哪堪凄凉，
一世飘零，
终究只是一场过往。
惜英雄豪杰，
空累月光……
黄土之下，
埋尽沧桑……

2018 年 8 月 8 日

无 题

耀耀浮华，何枝可依。
灼灼之情，何木可栖。
怀山林之意，却难寻同行之翼。
负鲲鹏之志，却尤心尘风之力。
怜娇姿艳美，仅止一季。
春逝冬来，身化残泥。
惜高山傲健，难与天齐。
日居月诸，心成云翳。
思八荒宇内，无尽豪杰。
曾壮志豪迈，星光熠熠。
而光年流转，不过须臾。
轻轻弹指，斗转星移。

2017 年 2 月 03 日

冰月流光（一）

冰月流光
寂夜凝霜
我站在高楼
细数着星芒
心中无限惆怅

叹岁月无常
道世事沧桑
不知心何向
方不迷茫
不知行何方
才不彷徨

我试着放下过往
将过去遗忘
却仍然无法
释怀悲伤

凉风入巷
寒露侵裳
饮几杯浊酒
装作坚强

2022 年 3 月 11 日

冰月流光（二）

冰心月魄凝寒霜，
月下寂寞已成殇。
流水年华莫空逝，
光阴不抵孟婆汤。

2021 年 1 月 1 日

冰月流光（三）

都说冰月薄情缘，
默对红尘亿万年。
我看月儿怜世人，
暗夜流光破寂寒。

2013 年 2 月 5 日

济颠

破蒲扇，烂衣衫，
不念佛经不坐禅。
人向善，心向道，
半修世情半修缘。

食荤为知人间味，
贪杯只为断执念。
疯疯癫癫言痴语，
扶困济贫真圣贤。

浮沉市井一俗者，
却是罗汉亲下凡。
历经世事多磨难，
赢得慈悲在人间。

2022 年 2 月 20 日

梦游昆仑山

御龙乘风凌云端，疾驰行至昆仑山。
昆仑山上云之巅，云之巅里大罗仙。
我见仙人心中喜，仙人见我笑容颜。
金液琼浆琉璃盏，奇珍异果白玉盘。
觥筹谈笑随丝弦，舞姿缥缈起蹁跹。
我慕神仙清且闲，无欲无求天地宽。
仙人说我莫自谦，红尘纷扰尽悲欢。
我笑世人看不穿，碌碌奔波为哪般。
富贵荣华财万贯，死后不过多纸钱。
权倾朝野侍无数，危难之际谁靠前。
谁人不到忘乡台，一杯清汤释流年。
谁人不渡忘川水，一叶扁舟化不甘。
不若此生随尘缘，淡看人世烟雨间。
花落花开情常理，春去冬来任自然。

2018 年 11 月 6 日

侠客行（一）

脚蹬追风履，踏步入云轻。
腰中三尺刃，挥斩寒霜凝。
月光照残影，清风抚繁缨。
一骑白龙驹，傲向江湖行。
愿做一痴者，借酒笑公卿。

2018 年 9 月 19 日

侠客行（二）

行身若风影，流刃似寒霜。
豪气贯四海，盛名传八荒。
侠骨藏韧劲，丹心有柔肠。
头上悬日月，膝前无君王。
万夫何阻尔，一剑斩参商。
红尘一游者，是非且无妨。
莫道君行好，世事最无常。
但求同行者，千古一沧桑。

2020 年 10 月 1 日

风翅

衣袂飘飘，羽扇轻摇。
一登云落，笑看群枭。
淡然风雨，漠视苍黄。
心若止水，似镜无涛。

2018 年 12 月 13 日

琴女

谁在阁楼，拨弄丝弦。
巧把思绪，凝于指尖。
谁在阁楼，噫嘘轻叹。
静待流星，诉之心愿。
皓月当空，苍白如雪。
清辉微至，挥洒人间。
漫漫长夜，静寂孤寒。
一首新曲，谁知悲欢。

2018 年 11 月 23 日

新春吉祥

新 月浅影地无霜，
春 风暗抚黄梅香。
吉 言善语辞旧岁，
祥 和福瑞满舣舲。

2021 年 2 月 12 日

早春

喜鹊展翅跃高枝，
欢语笑言春已至。
徐徐清风日暖暖，
玉蕊新梅蝶来迟。

2019 年 2 月 7 日

春节快乐

清晨 春鹊枝头叫，
今日 节至喜来报。
明朝 快马齐福禄，
来年 乐祝一年好。

2014 年 2 月 1 日

万事顺心

万家灯明庆团圆，
事事如意喜开颜。
顺风助帆人得志，
心气平和迎瑞年。

2013 年 1 月 11 日

无题

大步流星，运势乘风，把盏话农事，举目玄冰镜。
圆月如玉，华光似缎，相聚诉温情，万里共太清。

2021 年 9 月 21 日

虎年吉祥

虎虎生威震四方，
年登民富国自强。
吉月紫云迎新日，
祥和福瑞满家邦。

2022 年 2 月 1 日

琵琶女

纤腰玉指俏容颜，
春情暗生眼波怜。
一把琵琶诉心语，
半弄清风半弄弦。

2018 年 7 月 5 日

江上渔者

小小渔船江中游，
一身蓑衣一弯钩。
不为水中鲈鱼美，
但求痴杆钓离愁。

2018 年 6 月 5 日

勇者

洪涛直上三千尺，
欲把碧帘挂九天。
勇者淡然疾风劲，
凌空破浪踏云帆。

2010 年 10 月 16 日

勿忘我

一落清纯在人间，
片片思念载流年。
姹紫嫣红均有色，
独选执着对尘缘。

2018 年 7 月 15 日

莲

清影玉姿心无暇，
幽居碧水远喧哗。
红尘是非多少事，
远若天边一云霞。

2014 年 5 月 5 日

傲梅

劲骨雄姿傲雪霜，
不惧苦寒吐芬芳。
试问世间有几枝，
敢做红尘第一香。

2013 年 11 月 13 日

玉梅

李树婷婷着白纱，
晓日娇羞披红霞。
清风微动含香至，
玉枝摇落似雪花。

2018 年 11 月 14 日

韭黄

天性根坚傲冬严，
无奈娇躯畏世寒。
缘得一分暖土在，
修成帝色予人间。

2019 年 11 月 26 日

荷

清涟濯其身，
淤泥养其根。
本是人间物，
却无世俗心。

2018 年 9 月 5 日

清明吟（一）

浮云无根出红尘，
落水有意扰世人。
悲痛莫过清明时，
相思如灰了无痕 。

2018 年 4 月 4 日

清明吟（二）

清风满楼月满枝，
苦愁如酒夜如诗。
点点荧光银河度，
处处焚火寄相思。

2019 年 4 月 4 日

清明吟（三）

两行清泪一相思，
一段情缘两相知。
都说凡人皆过客，
千杯买醉做癫痴。

2019 年 4 月 4 日

读纳兰容若《临江仙》有感

雨打芭蕉近疏窗，
倦看旧书孤灯黄。
朦胧泪眼思不断，
自古诗人多情郎。

2017 年 2 月 3 日

佛在心中
——读仓央嘉措的诗词有感

世间万物都有情，
何苦欺己入山行。
心中若是有佛在，
红尘亦能悟真经。

2013 年 3 月 11 日

追思

昨夜泪雨落千行，
思念成灰悲断肠。
既知心中尘缘在，
何必人前扮癫狂。

2018 年 7 月 23 日

忆江南

氤氲雾气隐远山，
轻纱细雨涩江南。
烟波绿柳匿石径，
风动荷香进客船。

2018 年 7 月 5 日

惊梦

夜晚行人稀，
月淡流云低。
羊肠荒野路，
最怕闻鸟啼。

2018 年 6 月 13 日

无题

白玉琉璃盛流霞，
吾缺独爱一杯茶。
小酌可品人生味，
清香淡雅掩喧哗。

2018 年 6 月 5 日

饺子

身洁如雪腹如舟，
杂陈几味度春秋。
不经人间沉浮数，
难成珍品入正流。

2017 年 10 月 15 日

鲲与蝉

晴阳之炎，阴云难掩。
奔流之势，重川不阻。
鲲生双翼，九天之志。
扶摇而上，万物蝼蚁。
蝉无强翎，榆枋而宿。
夏去秋来，难知四时。

2018 年 11 月 11 日

述志篇

策马扬鞭凌云端，
尽收大地好河山。
此生有志逐雄鹿，
金甲利剑谁敢拦。

2014 年 3 月 24 日

无题

万物终究化虚无，
思来凡者愁自求。
不若此生随佛去，
得不欢喜失不忧。

2014 年 2 月 13 日

笑红尘

淡然静坐听喧哗，
轻笑把盏酌清茶。
尘世纷扰眼中过，
心把一切做云霞。

2012 年 3 月 10 日

亮剑

紫电披青霜，
痴者笑断肠。
此刃未曾试，
已现其寒光。

2013 年 6 月 20 日

断空

愿做白云远人间，
俯看红尘悲和欢。
无心随风悠悠过，
不问世事不问天。

2014 年 3 月 29 日

谓我何求

飘摇凭波若行舟，
世事纷扰非吾求。
曾经痴心还复在，
笑罢红尘笑苍穹。

2014 年 3 月 18 日

醉人吟（一）

斗酒千杯醉，
难掩我心碎。
白玉琉璃盏，
怎懂离人泪。

2010 年 10 月 7 日

醉人吟（二）

世事无定则，
谁堪断是非。
不若执金樽，
一醉忘红尘。

2012 年 5 月 22 日

醉人吟（三）

举杯对月醉疯癫，
欲登天梯到云端。
随风阅尽世间事，
大笑凡人空悲欢。

2013 年 3 月 13 日

美 景

悠悠白云对青山，
一湖春色碧如天。
嫩枝不忍空落寞，
斜向眼前映一边。

2014 年 10 月 28 日

游桃园（一）

遥看蓝天白云轻，
近观娇艳满华庭。
忽有一阵清风来，
满地残香尽落英。

2015 年 4 月 13 日

游桃园（二）

我愿醉卧百花丛，
无思无想心静空。
周围只有芳香色，
抬眼白云挂苍穹。

2015 年 4 月 18 日

春饮

碧水云影随清波，
红花绿柳满河坡。
相邀小亭斟美酒，
笑谈人生对风歌。

2015 年 4 月 21 日

望川

矢志不移安如山，
抚羽清笑云之巅。
曾经千古多轶事，
算来只是一悲欢。

2016 年 5 月 6 日

夜饮

幽幽青鸿天上行，
万点荧光入画屏。
微微清风融融月，
一缕醇香一柔情。

2015 年 7 月 6 日

忆夏

环抱双膝望银川，
繁星点点月弯弯。
淡淡麦香随风至，
几池鸣蛙几树蝉。

2016 年 7 月 5 日

夏夜

明月如心心如水，
繁星似梦梦似锦。
浮华耀耀寻暗香，
徐徐清风觅蝉吟。

2016 年 5 月 31 日

秋夜（一）

秋夜含星月融融，
疏影流光暖芙蓉。
微风轻漾心如水，
幽幽清波意冥冥。

2015 年 12 月 16

秋夜（二）

秋风萧瑟落残香，
冰月浮华冷如霜。
清街寂夜存孤影，
寒露初凝浸霓裳。

2016 年 11 月 6 日

秋夜（三）

晚风携细雨，
叶落水轻流。
重云遮明月，
梦醒识清秋。

2018 年 9 月 23 日

冬夜

冰月寒星冷流光，枯叶薄雾白雪霜。
暮色清街行欲晚，朔风凝露近轩窗。
孤灯静坐愁思绪，万千寂寞落澄觞。
似有心志成虚影，独对暗夜诉衷肠。

2016 年 11 月 6 日

春晓

红日一轮伴朝霞，
春色满目近天涯。
昨夜何时清风起，
闲看流水与落花。

2015 年 6 月 20 日

夏晓

昨夜何时起风雨，
惊落槐花满地香。
一抹红霞半遮日，
柔光清照虚影长。

2015 年 7 月 17 日

秋晓

薄雾起疏林，
山静无尘音。
晨风酌清露，
叶落归吾心。

2015 年 7 月 29 日

幽谷弄弦

轻抚瑶琴对青山，
一首心乐绕丝弦。
想来世人无人识，
我携此音待蝶仙。

2014 年 2 月 6 日

幽谷忘忧（一）

流水繁花蝶缠绵，
轻抚瑶琴对青山。
凡间是非多少事，
不若指尖这一弦。

2013 年 3 月 3 日

幽谷忘忧（二）

清流曲径水潺潺，
痴蝶弄花满幽山。
轻抚瑶琴凭心醉，
断忘烦忧只一弦。

2013 年 3 月 3 日

无题

无情何来痴，
有欲必存私。
不是佛前客，
莫做掌灯人。

2019 年 12 月 20 日

剑语

霜刃三尺匣中鸣，
欲向纷扰问世情。
宁随贫儿青云志，
不与江郎富贵行。

2016 年 10 月 19 日

念红尘

我慕明月出尘缘，
痴望夜空忆流年。
往事不堪再回首，
丝丝若雨入心弦。

2012 年 7 月 15 日

祝朱姐

流萤坠夜空，
明月照西楼。
我许尘世愿，
为你解千愁。

2010 年 6 月 6 日

望月

看破世间无空门，
把盏颠步戏红尘。
灯红酒绿朦胧夜，
傲对冰月笑轮回。

2012 年 1 月 1 日

问天

把盏满心酸，
趁醉问九天。
今生命多舛，
何时驾青鸾。

2010 年 8 月 15 日

流星语

至刚易于折，至柔失于形。

才以服人，德以聚人，利以驱人。

薄利身自远，微私心自高。

智者谋于天，慧者知于时，奸者算于人。

所谓智，非惠于名利，而明是非；所谓慧，非敏于言行，而知轻重。

所谓勇，非雄于胆魄，而知进退；所谓敢，非壮于气势，而懂取舍。

所谓美，非止于皮囊，而脱于形；所谓丽，非指于相貌，而意于姿。

珍馐美馔，食不过一腹；琼楼玉宇，眠不过一榻；八乘之驱，千里之遥不及驽马之驾；锦罗玉衣，冰雪之寒不若牂羊之裘。近生死，方知一念虚妄；临得失，才晓万物空幻。世若浮云，

身如凡尘，贪权者必迷于心，痴财者必失于情。欲虽不可止，而取舍有度，故君子轻名利，薄是非，明于心，敏于行。

行如流水，顺势而为，方可曲达；立若崇山，倚高而望，才能远观。

水不因欲止，故能行其远；山不因风动，方能筑其高。做人的最高境界是心如水，志如山……

水向东流，高山何阻；落叶随风，人意难留；阴雨连绵，终有晴日；昼夜漫长，必有明朝。

君子者，临高不自妄，居低不自卑，得富不自喜，落贫不自哀，胸怀天下而无悔，兼济众生而无怨，守心求正，舍身求仁。

曾临白云之端，又何惧泰山之巅；曾至深海之渊，又何惧渭河之边。泼墨成山，拨弄成弦，轻轻一笑，淡然世间，羽扇轻摇，化而成仙，虚无缥缈，往事如烟……

登高而望虽能远观却不能细察，近景之观虽能微至却无以概览……

进山而猎方为猎，不翻山越岭难以擒猛虎；入海而渔方为

渔，不劈风斩浪何以捉蛟龙。

我愿是一缕清风，伴你走过盛夏；我愿是一缕月光，陪你度过夜晚。

夕阳思晨，落叶怀春，流水急途，疏于风景，逝于东海，傲枝争艳，失于时节，消于尘埃。人生如斯，回首流年，终有遗憾，暮年壮志，杜康知言，丝弦轻拨，谁解尘缘。

硅化木，时间的沉淀可以让你坚硬似铁、温润如玉。

顽石劣性，精雕细琢亦具神形。

爱情就像是一缕阳光，和煦温暖；爱情就像是一朵鲜花，清香绚烂；爱情就像是一泓清泉，清澈甘甜。

竭力奔跑，但求韶华不负；用心感悟，只愿青春不悔。

风尘里，坚持做最好的自己，不求超越别人，但求时时翻新自己……

苍云浮空，因风而行，无风则止，与人不争；流星掠影，因缘而动，缘尽而停，与世寡求。

山不因风动，因其固；海不因砂浊，因其广；情不因欲止，因其纯。

流水无意落花，秋风不恋枯叶，心能一则行比坚。

童年时候喜欢花，是偏慕于那一身娇艳；少年时候喜欢花，是偏情于那一阵香潋；青年时候喜欢花，是偏妒于那一时浪漫，现在喜欢花，是因为懂得它的内涵。

苍云无痕，月华无迹，清风无影，流水无形，天道守正，地道酬勤，行之所动，无愧于心，心之所向，不负于情。

做一株北方的树，禁得起风雨，耐得住酷暑，受得住贫瘠，挨得了严寒。

身正行方远，心净品自高。

人生莫要苛求，但求生逢世，死逢时，生于太平之世，死于大限将至。拥有最美好的开始，最圆满的结束。

大多数人都对自己的伤疤刻骨铭心，却常常忽略对别人造成的伤害。

谁的心忘了收，化作清风吹不休；谁的情，无人留，变成渭水向东流。

行路匆匆，不负芳华，处世碌碌，勿忘初心。

我喜欢雪，雪是纯洁的水，在寒冷的世界里修饰了大地；我喜欢冰，冰是坚强的水，在平凡的世界里突出了性格；我喜欢雨，雨是圣洁的水，在世俗的世界里荡涤了天空。

身若沧海一叶舟，心似乱风一树柳。

小愚必存大智，否则就是实打实的傻。

爱情就是芳华不离，迟暮不弃。

你的世界漫天星斗，或许并不在意多我一个。我的世界本就一无所有，也许不会在意会少了谁。